第一歌集／泣け、ボアブディル
第二歌集／虚に生くる月

木村美映 歌集

Kimura Biei

北の街社

序歌

夜が明けて鶏が啼くまでわたくしをお前は三たび否むであろう

木村美映歌集

目次

序歌

第一歌集／泣け、ボアブディル

第二歌集／虚に生くる月

木村美映歌集

装画・嶋津幸子
装丁・松木俊輔

第一歌集／泣け、ボアブディル

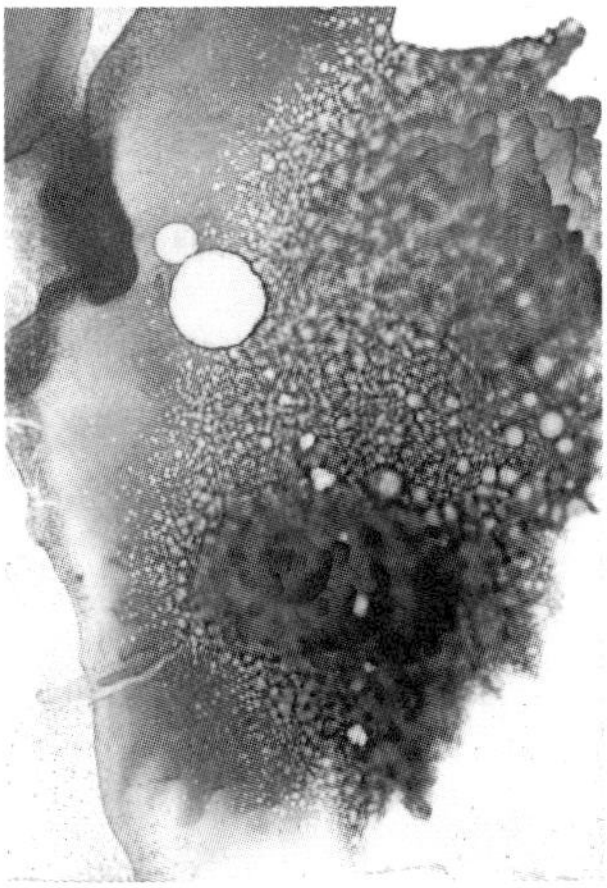

(a) Santiago de Compostela 「あがないの聖者」

@Paris

沈黙は追認だろうか——降り掛かる火の粉は無論払うにしても
尖塔は焼け落ちてゆく。いま銃を取ってもたぶん成算はない
舟を隠して待つ闇がある。後出しを正当化する術を探して

闇に紛れて小舟を出せば燃え盛るパリがセーヌの川面に映る

葦原に身を潜めつつ見る北斗――テルミドールは暑いだろうか

桟橋に船を舫えばこころにはガス灯のような韜晦がある

トリコロールに血糊をぬぐってギロチンの刃を研いでいるロベスピエール

@Bordeaux

蠟燭は吹き消さずおくはつなつの葡萄棚には海があふれて

カベルネをはぐくむ土地は痩せていて十字架を負う聖者のように

まつろわぬ罪びととして聖杯にテロワールごとなみなみと注ぐ

満たすべき器を持たぬロマたちもキリストの血とパンを夢見る

ガロンヌの河口に佇てばこの胸に刺さったままのソムリエナイフ
フィロキセラを拡げぬままに旅立てば月の港も今日は明るい
ボルドーのラベルを水に浸すときもう赦されていたことを知る
わが裡のジャンヌ・ダルクよ巡礼の旅路を急ぐものにご加護を

El Camino

殉教のヤコブは七日後ガリシアに流れ着いたと星のお告げは
エルサレムの奪還を棄てガリシアに転戦してゆく十字軍の方便
アルヴィジョア十字軍の酸鼻。拷問にでっちあげられた異端派
焼き殺したぶんだけペストに殺される。それが神の御稜威《みいつ》であるなら

亡命の子孫らが弾くフラメンコ「バモス・ア・ベイラー」のリフも激しく

鬼平を思い浮かべてゆく道を遮るものは斬り捨て御免

ガリシアを目指す人らの衝動はレコンキスタの奔流となり

巧妙なダブルスタンダード。おもむろにパウロとルカの貌顕ち来たる

とりあえず雨の日だけはアルベルゲに泊まると決めてあとは成り行き
コンポステーラは星にはあらずいにしえの共同墓地を指し示されて
サンティアゴ、ローランの歌。伝説を論駁しつつピレネーをゆく
侵略者は僕かも知れぬ。カタバミの花踏みつけていたことに気づかず

牛飼いの若きが群れを率いれば一本の杖に僕もしたがう
ローランの歌口ずさみつつ霧のなかシャルルマーニュを追い掛けてゆく
デュランダルを象る石碑の立つ峠、イバニェタ。ここが国境らしく
「巡礼者は前へ！」と司祭に促され祭壇前に並ぶ二十時

二十五人、それが多いか少ないかわからぬままに受ける祝福

いちにちの終わりは肉も赦されてバルに酒酌む巡礼ふたり

同室はフランス南部の人らしく話題はＦ－１モナコＧＰ

白番でチェスするときはスパニッシュ・ギャンビットのみ定跡とする

Bの５へ飛び出す白のビショップを司祭ロペスの分身として

シャワーとはロシアンルーレットのひとつまずは掌に掛けてから

ヘミングウェイの像を撫でればまならうらをサン・フェルミンの牛駆け抜ける

独立にバスクは揺れて母国語の由来をゲリラの若きは知らず

尾根道は泥にまみれて右、左、杖をたよりによけるにわたずみ

雨音とするどい痛みに目を覚ます。ムデハル様式らしい救護所——

ここに来てひるむ心か——この先は沙漠地帯が続くと言うが

雨の中にひとりたたずむ。ちぎられた心の糸が身を縛るまで

イラーチェの酒造所前でふるまいのワインをペットボトルに詰める

白馬の騎士降臨せりという奇跡など語ることなく砦は朽ちて

無辜の民を救うことなくカルサーダの鶏きょうも朝を報せる

祈りとはあきらめに似て猛暑日のメセタ、ロマたちのうたう旋律

蜃気楼、または逃げ水。巡礼はおのれの影をたよりに歩く
「チャン・チャン」のアウトロ止まずカミーロを無心にたどる僕の背を押す
暗闇もカンカン照りもあるものか。人生はいつも無限の薄暮
自らの影に曳かれて歩くときふたわけざまの麦秋があり

中世は朽ち果ててゆき石積みのアルベルゲから見える星空
オリーブとアンチョビのパテ。ボガディーリョ何本分の巡礼道か
礼拝を終えて旅立つ。ポケットの『ゲバラ日記』をまさぐりながら
蘇る村ひとつあり新しいバル、アルベルゲが巡礼を待つ

ラベンダー咲く道端に腰掛けてロマにもらったタロットを繰る

ケルンには名入りの石も積まれおり峠の上に立つ鉄十字

巡礼の墓にひなげし供えれば眼下にひろがるサンティアゴの街

手のひらに釘打つ音をこの耳が確かに聴いた――峠のくだりに

苔むしたオブライドロの正面に立てば名残りの雨降りやまず

宇宙樹に指押し当てているはずのない聖人のまぼろしを見る

肩越しに聖人抱けば背にあるホタテの貝はすり減っており

頭上にはボタフメイロがゆうらゆら血の匂いなど消せはしまいが

聖人の御名唱えつつ異教徒を殺す陶酔ぼくにもあるか

あがないの聖者は要らぬひたすらに幹を支える脆き赭土

リベイロの器に雨は降り注ぎレコンキスタを肯えずいる

ししとうのフリッター、いわしの塩焼きをガリシア最後の晩餐として

結願は旅のはじまり抗うか剣をしまうか答えは出さず

杖を棄て服を焼くときはつなつの大西洋に浮く牡蠣いかだ

贖宥状を破り捨てれば明日もまた惑いの旅か——電車は揺れて

(b) Barcelona「鎮圧直後、バルにて」

バルセロナ行きのタルゴは空いていてラジオにパブロ・カザルスを聴く

カザルスの客死を悼み鳥はみな『第九』に合わせて平和を唄う

ベートーベン、平和憲法、ビートルズ。「9」の系譜は明日へ続く

テラスにて広場を眺めつつ食べるカルドッソに丸ごとのロブスター

バリオ・チノ――教義にもとることはみな東洋人のしわざというか

バルサ対エル・マドリーのクラシコが独り占めする今宵のバルは

カタルーニャは独立に揺れわたくしを値踏みしているサグラダ・ファミリア

うねうねと採光の窓――母体から産まれるみどり児の心地して

「人間は何も創造できなくて自然を再発見するだけなのだ。」

会堂はふたたび闇に包まれて主のみすがたの浮かぶ祭壇

サルダナの環を遠巻きに眺めつつチュロスをつまむ日曜の朝

バルセロナ・モデルニスモの市場にてシエスタ前の遅い朝食

カップにはアグア・デ・セバダ。スペインで麦茶を飲むとは思わなんだが

深煎りの麦茶はコーヒー代わりとかこれなら昼も良く眠れるな

麦茶にはミルクと砂糖「塩なんて入れて飲むのはアポネス《日本人》だけさ。」

ジャラカンダ咲く並木道かの地より奪ったものがここにもあって

※　※　※

奇岩へと導くガウディのキリスト像、ワーグナーのオペラ『パルシファル』

フランコが禁じたはずのカタルーニャ語でモンセラットのミサは続いた

岩棚の修道院ではエスコラニアがラ・モレネータに歌を捧げる

抵抗のカザルス、恭順のワーグナー。黒い聖母に試されている

※　※　※

モザイクのリンカーンから『海を見る裸のガラ』は浮かび上がって

カルソッツはぶつ切りにして岩塩とオリーブオイル、それだけでいい

闘牛の肉はないかと尋ねれば「ここはマドリードじゃないんでね」

闘牛場跡地のショッピングセンターでうろついていた、廃止を知らず

闘牛の廃止もナショナリズムらしい。独立運動は鎮圧されたが――

「ああ、俺もアナーキストだ。バルセロナは労働運動が盛んでね。」

「独立の話はするな。その辺に犬が隠れているかも知れん。」

「墓場からフランコが化けて出やがった。」バルの店主はふいにつぶやく

カルソッッツのソテーを食めばミロの描く男は力こぶを盛り上げる

「港から蛸が届いた。」イスラムの遺した食の遺産だろうか
長ねぎと蛸ならリオハの赤ワイン。カタルーニャには夏の風吹く
ヘミングウェイがミロとグラブを交えたは内戦前夜の穏やかな日々
水銀の泉はしずかに湧いていたレジスタンスの無念を浮かべ

モビールは静かに揺れてモンジュイックの丘に惟うは杳《とお》きゲルニカ

(c) Mallorca「ショパンの冬」

原色のミロ美術館を後にしてバスごと乗り込む夜更けのフェリー

マヨルカに向かうフェリーのデッキから「星座に向かって手を差し伸べる」

コンキスタドールはわが裡にあり朝焼けの大聖堂にフェリー近づく

船着き場の山手にミロのアトリエはあり晩年の塑像が並ぶ

隠れ住んだパルマの街の大聖堂オルガン演奏を踊り子は聴く

内戦に消されたミロの色彩を取り戻させたマヨルカの海

ミロに倣いとんぼの誕生日を祝う第五の季節ある晴れた朝

いつからか記憶の片隅にあった『無垢の笑い』の一面の目は
緑色の窓を連ねた家並みにパコ・デ・ルシアの訃を聞かされる
メキシコに弦は途切れて遺されたギターケースに妻子の写真
ブティックが所狭しと立ち並ぶパルマの街を所在なくゆく

カンペールの靴屋で歩みを止めてみるバッグパッカーには似合わぬか

いちめんのオリーブ畑。山越えのレトロ電車にまどろんでいる

ソーイェルの路面電車は急がないオレンジ畑を抜けてビーチへ

胸を病むショパンが過ごしたひと冬を見守っていた聖母カタリナ

『雨だれのプレリュード』を弾く横顔があの日のきみに少し似ている

カタリナの像に尋ねる。ラウンジでショパンを弾いていたひとの名を

ワインにはソブラサーダを二つ三つつまめばそれなりの島の夜

手作りのマーマレードに起こされて海蝕洞はどこまでも碧

朝食のエンサイマダの外函にほのかに残るけものの匂い

山脈は海に切れ落ち風のない入り江に泊まる白いクルーザー

カタルーニャ語のまるでわからぬ船にいて見よう見まねでつける足ひれ

みなそこに光差し込み名も知らぬ小魚たちに遊ばれている

シュノーケリングの泡冷たくてアトリエに未完のカンバス遺されたまま

楽園であっただろうかバルデモサに逃れたショパンとジョルジュの冬は

窓というカンバスがあり夕なぎにセイルをたたむヨットを描く

バレンシア行きフェリーを待てば土産屋にシウレルの音素朴に響く

イビザには寄らず戻ろう。エアーズもニコもこの世に別れを告げた
朝五時のフェリーのキャビンに口ずさむ『宿命の女《フェイム・フェイタル》』ニコは死んだが——
バレンシアは火祭りの夜。群衆の首には青いバンダナ揺れて
飲みすぎた朝にひとりでかたわらのバケツに思いを叫んでみても

赦せない、悔しい。だから歩いて来れたのだ。七百マイルの巡礼路さえ

⒟ Madrid「血塗れのムレータ」

@Aranjuez

太陽は上から目線で歩くたび膝に絡んでいる砂ぼこり

ああそうか、これがメセタか。構えたるフレーム越しにゴースト暴れ

ポケットにねじ込んでいた『ゲバラ日記』常に聖書の代わりとなって

高原の風、ゴシックの様式美。タホの流れは枯れることなく
ロドリーゴの旋律が繰る王宮の庭園に射すジャラカンダの影
ヘラクレスとヒュドラの泉に佇めばマイルスの吹く第二楽章
時間の泉はまっすぐ水を噴き上げて母に引かれて子どもらの過ぐ

取り立てて急ぐことなどありはせぬカンゾウの咲く前の日までは

村治佳織の指では押せぬ弦もあり翳り始める宮殿の空

ロシナンテのあばら撫でつつ行く旅路「来たりませホサナ」「来たりませ」

@Madrid

ラ・マンチャはひからびていて赭土《あかつち》をまきあげている電動風車

オリーブが、ぶどうが土にねじこまれ雲なき空の碧に抱かれる
明暗のくきやかに立つこの街にたどり着いたら長いシエスタ

シエスタのあとの気だるさ。若き日のアナ・トレントにきみは似ていて
共和軍も反乱軍も目をえぐるカラスを心に飼っていたのだ

その手には死相が浮かんでいたけれどロマは見て見ぬふりをしたのだ

ジョーダンのような最期にあこがれてナバセラダ峠をバスは越えゆく

アルパイン・クラブもすでに鎖されて瓦礫に眠るロバート・ジョーダン

水ぎわに足浸しつつ見るセキレイ「たばこを一本、恵んでください」

タブラオでヘミングウェイを読みながら真似をしているパーセ・デ・ペチョ

ヘミングウェイの本を閉じればありし日のペドロ・ロメロの低いボラ・ピエ

Am-G-F-E《チャイナー・ジー・エフ・イー》とカデンツァはロマの嘆きを奏ではじめる

フラメンコギターはいよいよ亢まってラス・ベンタスに僕を誘う

そうこれは異端審問。シェリー酒とカスタネットの火にあおられて
一階のゴヤ二階のエル・グレコ。夕暮れに寄るプラドは広く
ゴヤの絵に徒手空拳の意味を知る。今日もどこかでゲリラはつづき
一心に『わが子を食らうサトゥルヌス』おのが半身の味は旨いか

@Las Ventas

定刻のトランペットも高らかにアルグアシリージョスを迎える
対峙する決意を持てぬわたくしを見抜いたように止むパソドブレ
ピカドールの槍にひるまぬ猛牛をからかうように舞うチクエリナ
赤と黄の国旗をあしらう銛を持ちパンデリェーロは左右に躱す

セルベッサをふと取り落とす八月のラス・ベンタスのソル・イ・ソンブラ

モンテラは逆さに落ちてマタドールはやや引きつった笑みを浮かべる

猛り立つ角を躱してムレータは円い舞台をたゆたっている

タイミングわずかにずれたパーセらしく猛牛の角は腿をかすめる

砂埃はのどに絡んでアレーナに耳をつらぬくか細い悲鳴

被角死はエクスタシーと同義だとロマの女に耳打ちされる

ホセリーノの死を憶うときQue tro mas bravo《すごい牛だ》と隣の男つぶやく

マタドールはややよろけつつ立ち上がりカスタニェータは砂の上にあり

ボラ・ピエを低く構えてじりじりと間合いを詰めてゆくマタドール

アドルーノに酔う生贄は両脚をそろえて神の降り立ちを待つ

これが慈悲……首を垂れる猛牛の延髄一閃刺し貫かれ

猛牛は膝から崩れハンカチは真白き鳩になって飛び立つ

投げ込まれる薔薇、そして薔薇。猛牛の屍もアレーナひと回りして
肩車に乗せられて去るマタドール。ああ人はみな土の一塊——
血塗れのムレータ眼に灼きつけてラス・ベンタスの喧騒を辞す
糸杉は燭台、大地は死の寝床。ドウロ河畔の朝霧青く

@Tordesillas

糸杉のうねる窓辺よ、敗走のムスリムの血を吸った大樹よ

真夏日のメセタに佇つと残像は狂女ファアナの貌をしている

政略結婚に愛を求めて身をやつす――夜毎金切声をひびかせ

ざくろ咲く街を目指してフィリップの柩を曳いたJuana la loca

マグダラのマリアの悲憤——今日もまた繰り返される『聖衣剥奪』

半世紀もの幽閉に耐え〝Yo la Raina《余は女王なり》〟と自署を続けたフアナの矜持

自立する女は哀しい。サンタクララ修道院の赭き土壁

(e) Andalucía「泣け、ボアブディル」

To Andalcía

急行のバスは黄色く『エル・スール』の乾いた風にあおられている

とりたててアンダルシアのひまわりに興味を持てず食むボルボロン

¡Hasta la Victoria siempre!《勝利に向かって、つねに！》とふいにつぶやけばラス・ベンタスの杳《とお》い青空今日もまた真夏日メセタは罅割れて歩むこの身を叱る「ボラーレ」

「バンボレオ」が iTune から流れればサパテアードもひとりでに出る

カスタネットが煽る大サビ『カルメン』の処刑シーンは夏の陶酔

¡Candela,Candela!《火事だ、火事だ！》夏の魔物が動き出し消火栓では間に合わないよ

マグダラのマリアよ僕を見ているか！メセタの赫に断罪されて
このまま大地に溶け込んだって本望だすべては巡礼路に捨ててきた

ムスリムののこしたハラパを織るひとをアルプハーラの街角に見る
夏風がブーゲンビレアを揺らすとき白亜の街は迷宮じみて

ムーア人の受難ふたたび難民は雨に降られて風に灼かれて
白壁にイスラムびとの血の痕を塗り込めここは坂のある街
刺すために研ぐバタフライはつあきのフリヒリアナの街角にいて
@Granada
罅割れた石畳より響きくる足音。グラナダ、影の降る街

この街の至るところにカルメンがいて物陰に聴く足拍子
シエスタにきみを夢見る。ガスパチョは僕の口には合わなかったが
イザベル・ラ・カトリカ広場もシエスタに目覚めて甘すぎるミントティー
「水の泣く泉の上で犯罪が行われたのだ、このグラナダで！」

無造作に納骨堂に抛られた頭骨三千、壁の弾痕

「いや僕は血を見たくない」ざくろ咲く街に伝わる詩人の言葉

麦を刈る、オレンジを食べる。この街でガルシア・ロルカは撃ち殺されて

「三本あるオリーブの木の真ん中さ、十字がそこに彫ってあるだろう？」

『午後の死』を読み了え寄せる悔恨かレジスタンスをあえて択ばず

武器を取ることなく斃れたいちにんの市民に過ぎぬガルシア・ロルカよ

バルコニーは開け放たれてグラナダの風はロルカの帰りを待つか

王族の首級《くび》並べられ噴水は朱く染まった――ざくろ咲くころ

古い塔、沈黙の庭、アラヤネス。歴史のページは恥じて黙した
宮殿の中にロルカの名を刻め。夢の墓標を打ち立てるのだ
セルベッサばかりが増えるイザベル・ラ・カトリカ広場の夕暮れ刻は
陽が沈みサン・ニコラスの展望台の煉瓦も鮮血のごとく染まって

みどりごはラの音で泣き折からの砂塵に軋むタレガのギター
アラベスク照らし出されてトレモロの嗚咽も響きだすパラドール
カフェ・アルメダの隅にロルカの像は座し今日も料理を待っているのだ
アルハンブラ落城、新大陸発見――熱病はペストのみにはあらず

レコンキスタ、魔女狩り、そしてクーデター。『血の婚礼』は繰り返されて

井戸の門はついに鎖され母后とふりかえり見る七層の塔

男として守れなかったもののため、女のように泣け、ボアブディル

@Costa del Sol

感傷は土気色して折からのギブリが膚をふかぶかと灼く

連枷《からざお》は振り上げられて内通者は深い谿へ突き落とされた

地の果てに追い詰められて軋みいる骨、アトラスの食みたる林檎

ひたすらに泣く、大声を上げて泣く。海の向こうにアフリカがある

こんな時の海に限って碧いから僕はその歩を休められない

あてどなき旅の終わりにザ・ロックを見上げて誓うわがレコンキスタ

(f) Boléro 「ボレロ」

@Tanger

アトラスを越え来しところ灼熱のサハラにひらく花ひとつあり

銃声の遠く聴こえる道の辺に沙漠の薔薇のかけらを拾う

ほろびゆくテラのうめきか結晶は花の象にひらいているが

引き金に指掛けたまま眠るのか、原理主義者の少年兵は――

守るべきものは何かと問いかける産土《うぶすな》かまたはおのが野望か

大陸の端に切られた版図よりレコンキスタを図ったフランコ

バザールは迷宮じみて砂塵より切れ切れに聞くコーラン詠唱

対岸に渉るフェリーを待ちながら不法滞在者の視線に耐える

本土行きフェリーに惟う。母后と海を渡ったボアブディルの無念

たたかいを拒む僕にも運命は ¡No passaran!《通すものか！》 とカポーテを振る

思慕ひとつ砂塵に隠しこの秋のヴィンテージのみラベリングする

To Japan

砂まみれのザックを置けばスマホからシルヴィ・ギエムのラストステージ

ヌレイエフ、ギエムの系譜を惟うときふと銃声の耳をかすめる

独裁者の孤独を惟う。フランコ、ヒトラー、そしてプーチン――

『ボレロ』よりカスタネットの省かれた訳さえ知らず開演を待つ

ソンブラに浮かぶからだの仄白さ、スネアドラムは徐々に亢まる

リフレイン寄せては返しダンサーのつま先に聴くラヴェルの調べ

暗転は希望だろうか。いちにんの舞踏家ギエムの生を惟えば――

鉢植えのデザートローズを窓際に移そうこころにギブリ吹く日は

化石じみた恋ではあった。窓際にデザートローズの鉢を飾れば――
一閃のコーダの余韻――ためらいを断って未来へ生きゆくものの

反歌

殉教や自裁を拒み退却を決めたがそれは敗北ではない

燃え上がる船のまぼろし。霜月の航海日記は空白のまま

いま一度旅に出たいと思いつつ日々薄れゆくアトラスの彩《いろ》

アトラスは沙漠の彩《いろ》を潜めつつもうコンパスの狂いは問わぬ

もう旅に出ることのない船がありり傍らに置くソルティ・ドッグ

赭土《あかつち》とギブリの国よわたくしはアルファでもありオメガでもある

計　二六一首

第二歌集／虚に生くる月

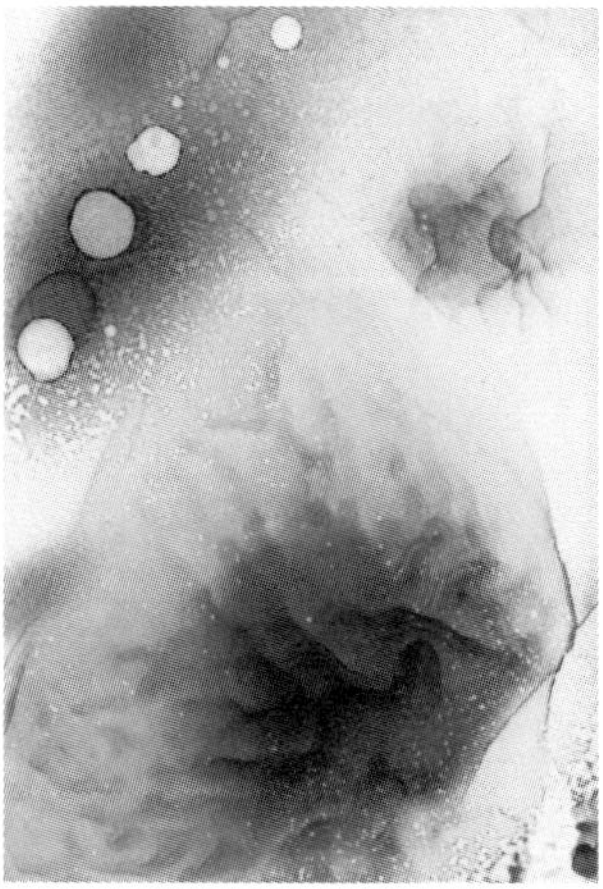

Phase 1 : Genesis & Exodus

ミョルニルは振り下ろされて保護室のをたけび、けふは満月なりしか

七曜《しちえう》の混沌ありて「光あれ」といひゐし神か——きゃりーぱみゅぱみゅ

ラグナロク、それは創世。世界樹にアダムとエヴァは倚りかかりゐき

絶對零度の恩讎をもて智慧の樹を護る蛇《くちなは》の嘘に惑ひぬ

くちなはに唆されしエヴァの血をホモ・サピエンスはなべて受け繼ぐ

セツもまたアダムとエヴァの子にしあればエデンの東に居を構へゐき

ピラミッドはオリオンを模しパピルスの籠に幼きモーセ眠りぬ

サイクロプスのミマス従へクロノスはテラを目掛けて鎌振るひゐき

ドップラー効果さやけく血塗られし鴨居を撃たず神は過ぎにき

よみがへる空中庭園。マンションはバベルの塔ときみは言ひしが

Phase 2 : Lunar Eclipse

ひさかたの空行く鳥を目守りをり韻律の枷につながれしまま

航法は夜空の星が知るだらう正論といふ羅針盤持ちて

月蝕は鳥も翼をやすめをり圖書館といふ記憶の杜に

圖書館に星圖を辿る月面の奴隷海岸、象牙海岸

生きてゐる實感もなくただひとり全天星圖を眺めてをりき

熱病は圖書館といふ密林の星圖にひらく。ディフォルメされて――

海馬とふシャーカステンにおぼろげなきみの屍蠟のあはく耀ふ

デジタルは冷たからうとダマスカス鋼の波紋に嗤はれてをり

追憶のプラネタリウムを月蝕に黙せばかぐはしきみの屍臭も

堕ちゆける眼に見ゆるアンタレス——ああ小惡魔のやうなひとなり

Phase 3 : Alchemy

赤き珠、白の王妃はまぐはひて兩性具有の詩人生《あ》れにき
魂と精氣の抜き身の爭ひをいざよひの上に眺めて飽かず
くちなははは杖に絡まりレトルトの賢者の石を護りてをりぬ

ヘルメスはエノクにあらず。現し身を不死に導く賢者なれども
聖柩の消えし刻よりエーテルとフロギストンは地にあふれをり
大潮は月の抗ひヘルメスは大燈臺とともにたふれぬ
祈りとは調和の象《かたち》アルプスの麓に六芒星さやぎゐて

カヴァレリア・ルスティカーナ——流星に射たれしをみな崩れゆきたり

物質と反物質は羊皮紙に書かれしアルケミストの祕傳

蜃氣樓、または逃げ水。八月の路上にきみの欠片を拾ふ

Phase 4 : Dark Side of the Moon

ぬばたまの月の恵みを拒むがに地上に燈火あふれて已まず

絶望はかくありしかな新月を湛へしままのはめ殺しの窻

虚と實のあはひに生くるわたくしを妄想癖と人は嗤へど

虚に生くる月あることを識らざれば今宵も優し第一象限

蛸舟をひとつ照らして赦されぬ卓の上なるわが月球儀

纖月の引力受けし地球儀はドールハウスのしづもりに似て

隕石にまみれし月の裏側を知らざるままに還れ赫夜よ

神話など知る由もなし。人類の到達し得ぬ並行宇宙
狂氣とは月の裏側――吹雪《ふき》あとの望冴えざえと躬を照らせども
呼吸せよ。導く月は海馬より生《あ》れし狂氣をかがよはせをり

Phase 5 : Wreck of Hesperus

ドレの描く『アンドロメダ』の妖艶を逝きにしきみに重ねてみるも
とらはれしアンドロメダを救へずに鬼女の首級《くび》持つ勇者待ちゐき
モカ珈琲は稍《やや》苦かりき。アンドロメダの黒き素肌は妖しく光《て》りて

メドゥーサの血に生《あ》れしとふペガサスよテラのくびきは重くはないか

石と化す定めなるらしケフェウスの玉座こころに設へをれば

メドゥーサの首級《くび》もてわれを石にせよふたたびひとを愛せぬやうに

アトラスの支ふる陸《くが》にわれはゐて變光星の瞬きを戀ふ

アンドロメダを指で辿れば一閃の流星胸を貫きしかな

週末の畫廊の隅で『メデューズの筏』に淺き夢を見てをり

ビバルディ流るる室《へや》にモカ珈琲を啜ればアンドロメダのその後は

Phase 6 : Milkomeda

まぐはひの恍惚浮かべ金色のアデーレ・ブロッホ＝バウアー笑まふ

羊皮紙にうねる水蛇。くがねなすファム・ファタールのまぼろしを見き

クリムトの『ダナエ』のごとき恍惚を浮かべたるひと枕邊に顯つ

妄想とうつつのあはひにあらはれしダナエに似たるひととまぐはる
自瀆せしダナエのほとを貫けりくがねの雨に化せるゼウスは
くがねなす雨に打たれてアルゴスの王女は猛き者身ごもりぬ
断ち切れぬ未練のありてセリポスのポリュデクテスは石になるらし

金色のファム・ファタールは雫なす流星としてひとを慰む
圓盤はアクリシオスを打ち斃しミルコメダとふ銀河生れたり
クリムトの畫集を閉ぢぬ。青銅の塔を逐はれてさまよひをれば――

Phase 7 : Cor Leonis

張り裂くるほどにその身をふるはせて獅子よおまへは誰を愛した

猛りゐる獅子の足許あまたなる銀河の渦が蔵《かく》されてをり

背の甲は鎧なりしか。人里を襲ひて獨り生き來しものの

ヘラクレスに締め落とされしネメアーの獅子の心臓皓く瞬く
かなはざる戀は棄てよとレグルスの鈍き光に諭されてをり
四つ星の閊へもありて黄道のうへに引き摺るわがスペクトル
煩悶の底ひにをりて逆しまの疑問符宙に描きゐるかも

傍らの六分儀もて測れども戀に水先案内はなし
レグルスの強さうらめし。客待ちのシートに獨りもたれてをれば
悶へ死ぬ獅子の涙か——おそあきの流星群をぢつと視てをり

Phase 8 : Agnus dei

黄道を辿りてゆけば蠍座の向かうにくがねの蟲待ちゐるか

ヒューラスの姿は見えずますらをはアルゴの船を默《もだ》し見送る

殘されしますらをひとり濱邊にて蛸舟ひとつ踏みつぶせども

黄道の十二宮より逐はれたるアスクレピオスは不死を知るらし

ハーデスは遠くに聞きぬ稲妻のアスクレピオスを撃ち砕く音

醫の神は撃ち砕かれて使徒といふカルトを侍らせてゐるゾディアック

竪琴を持たざるものも眞夜中の音樂室にフォーレを唄ふ

ミサ曲は室《へや》に響けど蛸舟のかけらはこの掌《て》の中に變はらず

サンダルを片方脱げばおそあきの宙《そら》にハマルは耀きてをり

『アニュス・デイ』をわが唄ふ刻いまだ見ぬ南の宙にアルゴ座の顯つ

Phase 9 : Crux Station

矢車菊の丘に佇む。御しきれぬ獣を裡に棲まはしをれど

半島の涯てに賢治の碑はありてここから先は銀河鐵道

（夏泊半島碑文）

ケイローンの示す冥府の杳《くら》くして不死なるものに苛立ちてをり

冥界を目掛けて驅くる半獸はメメント・モリとふ切符を持ちて
星圖なき旅にしあらば磔刑の聖者目守りつきみが許《もと》へと
サルガッソーに絡め獲られてマゼランの銀河を默《もだ》し眺めてをりき
マゼランも離《さか》りゆくらむ――ホロスコープに凶相をなすアスペクト見き

おのが身を捧げしひとを憾みつつ蠍の放つ炎《ほむら》視てをり

コールサックを抱へし聖者の殘像をカムパネルラは追ひ掛けたるや

草原はいまだ見えざり消え失せしカムパネルラはきみやも知れず

Phase 10 : Novus Ordo Seclorum

屋上に立てば地表へ吸はれゆく心地す。これも重力なりしか——

イカロスの翼は融けて淺はかなる智のきりぎしを思ひ出づるも

きみ住まふ冥府はいづこ？輪廻など待てず固むる翼もありて

玻璃窻を打つ春の雨。「わが魂よ、何ゆゑにうなだれたるや」

みづぎはに途切れし樂章、人を獲る漁師にせむとイエスは謂ひき

Novus Ordo Seclorum と綴られしカルトナージの朽ちたる羊皮紙

劍を取るものみな總て劍に亡ばむ。斬り落とされしマルコスの耳

リストラとふ語の禍禍し。バルナバとパウロの言は容れられざりき

水先の標となりてキリストは再臨せしか南の宙《そら》に

岩に蒔く種と呼ばむか徳も智も持たず生き来し杳《くら》きを思へば

Phase 11 : It was Beginning of the New Age

うつ強く起き上がり得ぬ晝下がりヨブ記に涙零してをりき

死海文書を讀み了へしのち乾びたる阜にひとりの聖者あらはる

異端と正統との分かちが智なりせばリッサの柩に躬を納め度《た》し

アグラファは捻じ曲げられてクムランの窟《いはや》に素焼きの壺竝びゐき

預言とはありをりはべり貧しきも病も神の御稜威《みいつ》なりしか

狂氣とふ白夜をともす誘蛾燈カルトをさへも救はむとせり

うを座よりみづがめ座へと移りゆく意識、死は幻想ならむ

ベッドより逆しまに見る最終便——また新《あら》たしき星座の生《め》れ來《く》

地に滿つるひかりいとほし。眞夜中のクトゥルフ神話へ躬を投ずれば

切られたる翼撫づれば愚者ひとり空笑ひせり檻の中より

Phase 12 : La Lumiere

改悛をわが誓ふ刻北天のベテルギウスは妖しく光る

その命を終へなむとする赫き星冬の窻邊を彩りてをり

結論は中性子星。いささかも搖るぎはなくてスーパーノヴァは

光さへ吸ひ込みしまま默《もだ》しをりブラックホールのごときこころは

生來の闇抱へゐるわたしにも三ケルビンの輻射はありや

準星はブラックホールの傍らで失せにし星に代はりて光る

離りゆく準星ひとつ新《あらた》しき銀河をつくる希望に満ちて

離《さか》りしも淋しくあらず。穏やかに楕圓軌道をまはるプルート

裡に棲むダークマターが優しさの星を生むまで眠りにつかむ

オリオンが肩を押さへて地に臥せばわが枕邊に射すルミエール

Phase 13 : Fractal Theorem

わたくしに觸るることなき雙曲線を冷たく詰れエオクレイデス

交はらぬベクトルありて漸近點過ぐればあとは離《さか》りゆくのみ

だまし繪のきざはしならむ——ベクトルは單方向へ走るべきもの

ベクトルは事象の地平に墜ち逝けりフォトン還らぬ星團にゐて

奇蹟とはなべて時空の歪みらしブラックホールを聖者は宿し

狂人のたはごとなれど宇宙とはマトリョーシカのごとき重なり

フラクタル理論において人間は小さき宇宙を身體《からだ》に宿す

ロマネスコを茹でゐるゆふべフラクタル模様の碧を眺めて飽かず

ダンジョンの闇のしじまに潜みゐる獣は己が影にありしか

願望はいにしへびととと違《たが》離はざりこぢつけに成る星辰の下

Phase 14 : Apocalypse Now

眞空は充たされてをり搖らぎゐし未知のはざまに開闢を待つ

搖れやまぬイデオロギーもアインシュタイン方程式の解のひとつか

對稱性破れて力は分岐せり――重力、磁力、暴力もまた

洗禮者ヨハネの首級《くび》は刎ねられてサロメは歡喜《くわんぎ》の舞をどりゐき

安定を目指し右へと列なるもイデオロギーの相轉移らし

斥力は正邪を持たず公式のひとつとなりて宇宙を統ぶる

重力波つかまへられて質量の巨きものへとヒトは遵ふ

そこここのダークマターを感じ得ぬ電氣じかけの装置かわれも
虐げられたるものの嘆きは洞窟に壁畫と新たな星座を描く
タロットは愚者の逆位置――わたくしに絶對零度の熱情ありて

Phase 15 : Soft Machine

近すぎるゆゑ見えがたきものありて明けの明星、宵の明星

フィルムを巻き戻すときヴィーナスの爛れたる貌ふいに顯はる

運命の分かちは海か——一卵性雙生兒とふテラとヴィーナス

水の星、水もたぬ星。磁場といふバプテスマもて宙《そら》はかがよふ

ヴィーナスは磁場喪ひて天つ日の爆風に躬を焦がしてをりき

温暖化の末路なりしかヴィーナスの空に濃硫酸の雨降る

この街は金星に似てバロウズの書き遺したるテラの終焉

ゲシュタルト崩壊ののち去來せる白き闇こそ風景と呼べ

幻聴も磁氣の嵐と惟ふとき海馬に及ぶ蝕のあるらし

ジャイアント・インパクトとふ法悦のありてヴィーナスの蝕、月の蝕

Phase 16 : Rings of Saturn

宇宙の涯てにピンで留めたるタロットは大アルカナの塔の正位置

アリオンを救ひしといふデルフィナス、私も背に乗せて呉《く》れぬか

土星の環、その一隅にフランシスコ・ゴヤの髑髏もまはりゐるらし

プリズムは不協和音に分岐して雷止まざりきサターンの空

核といふ偽典かかげてオーロラは土星の極を碧く染めにき

彗星は打ち砕かれて赤斑に塗り込められしゴヤの『黒い繪』

アルゴより神神は見きゴルゴタの阜に果てにし羊の色を

磔刑の聖者さながら木星はあまたの痣を躬に刻みゐき

$E=mc^2$——。この星に降るセシウムの雨しづかなり

わだつみは宇宙の入れ子。門前の鯨の像は黙《もだ》しをれども

Phase 17 : Maya Calender & Oo-parts

オーパーツとふ遺構のありて外《と》つ星に住まふ人ある證なりしか

シュメールは使徒にはあらず。筒狀の印章宙《そら》を描きてをれど――

外《と》つ星に人のありせばわづかなる詩篇もなぜに遺さざりしか

謎ならばそのまま殘せ。いつの日か空の火墮ちて海を灼くまで

生といふ原點をもて左手系座標を描けりマヤの人らは

文明ははかなきものぞ。石柱に座標の軸を辿りてをれば

生け贄の足らざるものか——五番目の太陽もまた滅びゆくらし

冷めて鬆の入りたる星の生け贄はケツァルコァトルの降臨を待つ

忽然と消え失せしとふ古代びと巨石の謎を明かさざるまま

マヤ暦の途絶えし日よりまなうらに消ゆることなき矮星のあり

Phase 18 : Are You Werewolf ?

おほかみとふ誇りを受けて十五夜の月に無實を叫びをれども

月蝕も流星群も見ざりしがおそらく人狼陣營はおまへだ

「人狼はおまへだ」と指す背後よりスーパームーンは赫くのぼり來

「ブルータス、お前もか」とふ捨て臺詞を言はさるるとは思はざりしが

處刑より始まる裁判――「吊るされた男」も十五夜の月眺めをり

殺意じむ憤怒のありてなかんづく驟雨過《よ》ぎりしのちの望月

咆哮をぐつと堪へて冬枯れの梢を渉る望月を見き

オリオンよ吾を撃ち斃せ。今生に未練引き摺る躬を憐れみて

望月に遠吼えすれど棄て來たる群れは屍肉に寄り付かざりき

程近く雪に被はる塒より見るシリウスの皓く凊けし

Phase 19 : Matthias-Passion

異文明を拒むがごとく惑星をスペースデブリは覆ひてをりき

左ひじの深き傷あと——二〇〇一年一月十六日、きみの命日。

かみそりをもて切り刻まれしひなぎくの丘、笑ひ聲、保護室の壁——

縊死したるきみの事象の地平線に飛び込み度《た》いと思ふよ、今も。

岸上大作の遺書讀み繼げり贖罪の證は易く立てざらめやも

マタイ傳讀みて輪廻を祈れども北の宙《そら》にはクルスのぼらず

うら寒き地上にひとり殘されて神話のつづきを描きてをれど

冬火事にハマルは視えず。くがねなす羊よ宙《そら》を驅け上がりませ
炎え上がる車輪もろとも天空をめぐる心地す。きみを想へば
灰燼に歸せる市場のなかぞらにうを座の鈍く瞬きてをり

Phase 20 : Euler's formula

星座とは野合のかたち。「希望」とふエラトステネスの篩もありて

古書店は宇宙と思ふオセローのおのが妻をも手に掛けたれば

複素數座標のうへに響きゐしアイソン彗星の斷末魔

いつの日か宙《そら》を飛びたし煉獄に繋がれ生くるものにしあれど
自由とはひかりなるらし街燈も星も互みに宙照らしゐる
飼ひ主を待つこいぬ座を地の鹽にならざるものも見つめてをりぬ
ノートにはオイラーの公式遺されて宙ゆく船の燈りとししか

量子論、ひも理論とふこぢつけを嗤ふがごとく降りしきる雨

雷とほく響《と》動《よ》み始めてパソコンを閉づればリアリズムの散佚

この冬は長くなるらし――ペルセポネの食みたる柘榴の稍多くして

Phase 21 : Chronos's Stairway

進化とふ螺旋の中に殘されし謎あまたあり——宙に向かへば
ラプラスの惡魔はをらず虛無化せる不可逆性こそ時間と呼ばめ
t軸に原點ありや座標系失せたるこころのさまよひをれば

曲率の正負は識らず。入れ子なるヒトの及ばぬ知性こそあれ

砂時計逆さにすればクロノスの矢も鞆へと戻りゆくらし

クロノスの放ちたる矢はめぐり來て自らの背を貫きしとふ

クロノスの矢に始まりはありしとぞ久木田眞紀はいずくに消えしか

クロノスもしもべとなりぬ放ちたる矢の劒線を踐み越えたれば

進化論の例外らしきヒト科ヒトあらそひといふ磁場にとらはれ

逃れ得ぬ破滅とあらば從容とのぼりゆかむか刻《とき》のきざはし

Phase 22 : E Plurirus Unum

タブレットは宙《そら》に消えにき十戒のサイファ、コードに振り回されて

騎士團長は火に炙られてエンコードされざる暗號文を殘せり

アン・ブーリンの血より生《あ》れしか盲ひたる人を導く星座のありて

薬指には星の欠片か――ギロチンの後もしばらく意識のありて

朽ち果てしパピルスに追ふ聖家族。亂數表を解くがごとくに

「運命の輪」は閉ぢられぬエニグマの解讀法を誰か識らぬか

グレートウォールは宇宙の涯てにはだかりてローマ字eの頻度惟ひき

２、３、５、７とふリズムを刻みゐき碧きまなこのマリオネットは

ヴォイニッチ手稿読み了へ降りだせる雨に割りたるアイラは苦し

陰謀には加擔するまじ。さにあれどＮＹＰＶＴＴは「ＢＥＲＬＩＮ《ベルリン》」

Phase 23 : Pandora's Box

現し世を悲劇覆ひて來世を信じぬひとの前世も悲劇

プロメテウスの火に育ちたるもの總てパンドラの筐を携へてをり

パンドラの筐開かれてウクライナの空に砲火は星座を描く

聖典の民、啓典の民諍ひて聖者はゴルゴタの阜を擇ばず

いかづちを運ぶ天馬よ海神は三叉の戟を今し振り上ぐ

ヘラクレスを倒さむとして氣づかれず踏みつぶされたる蟹を惟ひき

世界樹は炎え落ちてゆき神神の黄昏に聴くマル・ウォルドロン

世界樹の失せにし空を流れゆくひとつの光——ロランの涙

神神の去りにし後のアテナイを焼きはらふごとデフォルトは來《く》

ユスティティアよ見捨て給ふか天秤と劒に映りしテラのゆく末

Phase 24 : Quo Vadis, Domine?

アブサンの至福なりしか。第三の喇叭とともにミサイルは墜つ
これが約束の地《プロミストランド》か——ミサイルは飛び交ひ少女《をとめ》の腹に爆弾巻かる
七度目の喇叭鳴りにき殉教の「自爆テロ」へと名を變へたれば

外典にたどるローマ路。隠遁は再起のためと言ひ聞かせつつ

振り返る城門。ネロもムッソリーニも七つの阜を眺めたらうか

すれ違ふ聖者のまぼろし——贖罪は殉教の外なしと謂ふのか？

クオ・ヴァディス・ドミネ？倚りかかる門柱冷たく異邦人《アロゲネス》を拒む

聖戦が殲滅ならば殉教は美談なりしか？ペテロよ、いかに――
ペテロにもユダにもならむ。死をもちて贖ふ季《とき》をすでに逸して
羊皮紙は書き換へられて僧院に咲きほこる花、鳴く山鶉

Phase 25 : Harmagedon

冒瀆の旅路の涯ての赭土に育つオリーブ、バビロンの淫婦

アカシック・レコードにより静かなるアルマゲドンの始まらむとす

進化とは滅びゆくこと——殺戮と錬金術にヒトは溺れて

マヤ暦の終はりし二〇一二年十二月二十一日、七度目の喇叭

抗ひも虚しかるべしなかぞらにノアの方舟描きてみるも

博愛を説きたる石工の前掛けもヒエラルキーを描きゐしとふ

古代智の顚末なりしか。核の火にモヘンジョ・ダロは灼きつくされて

言語とは世界の寫像と誰か言ひわが手のひらにバビロンは炎ゆ

バビロンは潰えて赤と紫の衣まとひしをみな燒かるる

ハレルヤは繰り返されて小羊の婚姻にわれは招かれざりき

Phase 26 : Himiko

月読《つくよみ》の貌を映してほの皓き光を放ちてゐるツキヨタケ

卑彌呼なる天體ありて開辟にわづか遲れて生まれたるらし

卑彌呼のみ知る座標系あくがれの邪馬臺國をハッブルは見き

箸墓は鍵やも知れぬ。昏れゆける宙《そら》の記憶を蔵《しま》ふうつはの

卑彌呼とは神功后か天照か皆既日蝕は二度續けども

宙《そら》を戀ふものみなすべて神官の生まれ變はりと卑彌呼は謂ひき

邪馬臺は宙のきりぎしくさぐさの祈り響《とよ》動もすとほきかげろふ

百人の奴婢したがへて冥界を、宇宙を統ぶる巫女のうるはし

あきらめは宙を赫らめ大いなる意思へ額づくものを肯ふ

わが住まふ星の終はりを見届けて宙《そら》へ還らむ。卑彌呼を追ひて——

Phase 27 : Gospel of Judas

「生まれない方が良かつた」と正典は結ぶ。差別の言ひ譯として

正統のスケープゴート、使徒ユダは沙漠の街に姿を消しぬ

繰り返す焚書、魔女狩り。異端者は迫害されてパピルスも朽つ

對話など無益なことぞ――享樂の魔都に聳えし塔も潰えて

三十枚の銀貨で購ふ劣化ウラン彈、日干し煉瓦のくづ折れし線

プラトンをイエスは說きしか。それぞれの魂に割り當てられたる星

背信に輕重はなし――喩へればユダのくちづけ、ペテロの否み

ユダ、それは十三番目の精靈か。「教導の星、それがお前だ」

しぶんぎ座流星群は雪雲に見えず聴きゐし『マタイ受難曲』

殉教を希むことなくアケルダマに骨埋めむか。アロゲネスとして――

Phase 28 : Captain Nemo's Point

マーシャルのアンプが歪みを奏づれば白夜に碧きラビリンス顯つ

風紋は空のうつしゑ――ギター彈く男を追ひて街を出づれば

彈き了へし弦押さへたる靜寂より星は瞼を閉ぢてをりにき

眠れざる夜に見上ぐるオリオン座。悟性について言ふは難しも

午前二時の十六夜《いざよひ》は冴ゆ。起き出でて貨物列車の汽笛聞くとき

あかときへ消えゆく始發——ほんたうは月に裏側などないんだよ

ふたたびのバッグパッカー。生來のワンダーラスト《放浪癖》も目を覺ましゐて

都會とは沙漠なりしか。降り立ちし上野驛には明けの明星
七不思議、到達不可能極といふ誤譯を惟ひき——舫ひてをれば
ホーキング逝きて「虚時間」とふ概念も解かるる術を永遠に喪ふ

Phase 29 : Universal here, Everlasting now

コスモロジーの復權ありて哲學も棄てしかユニバーサルのこころを

シックスセンスは電磁力らしダウザーのひとりとなりて宙を視てをり

シリウスの皓きひかりに矜持とは孤獨なものと諭されてをり

レイラインたどりてゆけば默しゐしテラはかがよふ星圖のごとく
時空とは紐のごとしと言ふわれもシュレディンガーの猫を撫でゐる
生と死は圓環のごとまはりゐてヨルムンガンドの化けし猫啼く
一閃のチェレンコフ光――孤獨なる餘生を過ぎる悔恨なりしか

ガイアとは母性なるらしその胸に抱かれし記憶を誰も持ちゐる

ダウジング・ロッドは振れて鑛脈はこころの底にあると惟ひき

地平にはフォーマルハウト。アムリタのあふるる街を目指して行かむ

Phase 30 : El Sabor de la Libertad!

シャグを巻く手の悴める丑三つは高度二千のアンデスの空

El sabor de la libertad! 赫き星、ゲバラのやうに生きたかつたが

一點に還る火の玉——斥力も暴力もまた無のゆらぎにて

苛立ちて地に投げ付けたるたばこ火は空なす星の嘆きなるらむ

たばこ火をもみ消すごとき心地もて宇宙《そら》を閉ぢむとするのか、神よ

革命は地に光る星「撃て、びくびくするな」とゲバラは謂ひき

縮小に轉じた宇宙に生きてゐるロスト・ジェネレーションの憂鬱

もみ消され永久《とは》に冷えゆくこころもて『ゲバラ日記』を讀み終はりたり

遺されて生くるあきらめおそらくはビッグ・チルとふ宇宙の終はり

結論は冷溫停止と言ふわれを叱りて吳るるひとはをらぬか

計三〇〇首

付記

この『虚に生くる月』は第二歌集です。ピンク・フロイドのアルバム『狂気』をイメージして書きました。戦乱・拝金・カルト・環境破壊のはびこる世の中で心を病まざるを得なかった人々の嘆き、それは現在のコロナやウクライナ問題にも共通する、人類史的・人道的問題に思えます。「アス・アンド・ゼム」の歌詞、「道をあけてくれ、今日は忙しいんだ。思いが余っている。一切れのパンと茶を欲したために、老人が一人殺されたんだ」（歌詞カードには著作権もあるため拙訳で恐縮）が身に沁みます。

思い立って書き始めたのは十年前のこと、ちょうど『狂気』リリースから四十周年のタイミングでした。前師である「波止場」川崎むつを・原三千代夫妻の訪れたイタリア・ポンペイで行われた『狂気』全編再現コンサートDVDも念頭にありました。断片をその都度「cahiers《カイエ》」や「文芸あおもり」他に掲載していただき、現代短歌賞にも応募した作品でした。私家版（ガリ版・コピー版）として２０１７年初版、のちに二度ほど増補改訂したのですが、最終的な改訂もかねて併載することにしました。私はそもそも口語ベースの人間、本作は文語旧仮名の作品なので迷うところはありましたが、経済的に出版の機会はそれほど多くないと思いますので、第一歌集の分量以上の歌数となってしまい恐縮ですが旧作供養と反戦意思の表明という意味でもご了承願いたく思います。

ピンク・フロイド『狂気』五十周年記念盤（２０２３リマスター）を聴きながら

あとがき

Buenos dias, Amigo!

第二歌集『虚に生くる月』はあくまで付録ですから、先のページの付記に自註自解ごと譲るものとして、ここでは第一歌集のみのお話をいたしましょう。

スペイン語圏特有の定型詩に「ロマンセ」というものがあります。日本では作中にも登場するフェデリーコ・ガルシア・ロルカによる『ジプシー詩集』などが代表作として挙げられるでしょう。

朗誦を前提にして二つのメロディを交互につなげていく詩形は、日本の短歌と共通する面も見受けられます。フラメンコのカンテにも大きな影響を与えているリズム構成です。

もっと身近なたとえをすればジプシーキングスの音楽性が、それを端的に表しているといってもいいかもしれません。時代劇『鬼平犯科帳』のエンディングを担当した南仏のグループです。

大きく違う点を挙げると、短歌は抒情詩とされるのに対してロマンセのベースは叙事詩であるということです。このあたりは風土や歴史の違いも大きく介在しているように思います。

種明かしをすれば、私は短歌形式で日本語のロマンセを書いてみたいと思いました。そして、そのダイジェストとして青森県短歌賞受賞作品『土の一塊』（三十首）に、その他断片を「cahiers」「うた新聞」「未来山脈」などに掲載してきた経緯があります。

実体験からは二十余年、執筆期間は十年に及びました。遠い記憶を日記と現在の資料で裏打ちしながらの作業でしたが、細部の記憶は時間とともに薄れることも否めないため、時が経つほど筆も重くなっていきました。リアルタイムを大幅に逸し後日の見聞を資料にして細部を補強、ストーリー性を担保するために虚構性が強くなったことも否めません。

当時の自分の人物像を、そしてロマンセの形式をどこまで再現し得たかは自信がありません。羇旅詠というよりも寧ろ放浪と懊悩の記録として読んでいただく方が良いかとも思っています。

本作は第一歌集です。２０２１年９月夏泊半島の椿山に建立した歌碑と併せて、ようやくひとつの句読点を打てたという印象です。高校の先輩である寺山修司でもありませんが、生きているうちに墓を建ててみたくなったわけです。

思い立ってから踏ん切りがつかず、一時断念した原稿を発掘して出版へと背中を押してくださったのは、写真家の福士輝子さんでした。それに際して嶋津幸子様から美しい装画をいただきました。真っ先に謹んで感謝いたします。

出版が決まってからも、持病のうつやパニック発作が頻発したことで、下読みと帯書きを担当してくださった悠短歌会の兼平あゆみさん、デザイナーのBB-C松木俊輔さん、編集の北の街社斎藤孝幸さんには何度も仕事の手を止めさせてしまい本当にご迷惑をおかけしました。

師匠である光本恵子先生はじめ『未来山脈』の皆様、選者を拝命している『新日本歌人』の会員の皆様、原作発表機会を与えてくださった同人誌『cahier』の皆様、そしていつも親身になってくれる「けやきの会」「波止場の会」「都母短歌会」の皆様、そして小学校の後輩かつ創作活動全般における刎頚之友、コスモスチバ。

感謝したい方々が多すぎて、かの数学者フェルマーの有名なセリフを待つこともなく「余白が足りない」状態です。私にかかわるすべての皆様に、なにがしかの僥倖のあらんことを。

津軽のことわざには「大きいねぶたは後に来る」というものがあります。しかしこのような小さなねぶたが小屋を出た背景には昨今のコロナ禍もあり、二年連続祭りが中止になった北の港町に、貧者の一灯を点せればという想いも少なからずありました。

Muchas gracias Ud.

２０２３年５月　浅虫水族館ロビーにて

あとがきの書き直しかたがた美映記す

著者近影

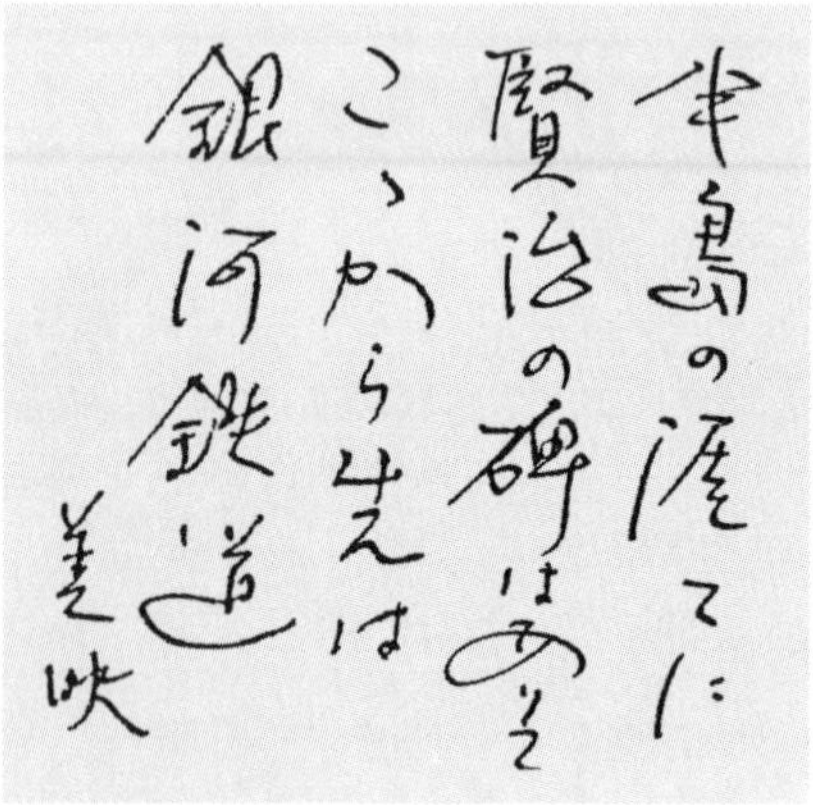

夏泊半島・大島パーク歌碑碑文

木村　美映（きむら・びえい 1969〜）

青森市生まれ、青森高校および弘前大学人文学部経済学科卒。本名は久昭。

『未来山脈』『cahiers《カイエ》』同人、「波止場」川崎むつを・原三千代没後、光本恵子に師事。

日本歌人クラブ会員。

新日本歌人協会青森県支部長、全国幹事、選者。

元青森県歌人懇話会事務局長。

青森市短歌連盟副会長兼事務局長。

けやきの会主宰、都母短歌会講師。

秋田雨雀奨励賞、未来山脈新人賞、青森県短歌賞および準短歌賞、青森県知事賞二度。

木村美映歌集
令和五年六月七日　初版第一刷発行
著　者　木村　美映
発行者　斎藤　孝幸
発行所　北の街社
弘前市鷹匠町七七―三五　〒〇三六―八二七一
電話　〇一七二―八八―五〇六四
制作・協力　福士　輝子
印刷所　小野印刷